诗经之乐 夏

晓月／主编
于浩／著
黄延平／编曲

其叶蓁蓁

二十一世纪出版社集团
21st Century Publishing Group

孔子用《诗经》来教育孩子

《论语》里记载，一天孔子站在庭院里，儿子孔鲤正好经过，像所有害怕被家长检查作业的孩子一样，他想快点走过去，结果还是被孔子看到了，孔子问他："你今天学习《诗经》了吗？"孔鲤说没有。孔子说："不学《诗经》，怎么懂得说话的道理！"

早在两千多年前，孔子就用《诗经》来进行教学，教导学生和子侄立言、立行的道理。那时还不叫《诗经》，只叫作"诗"或"诗三百"。

《诗经》离我们三千多年，前后诗篇跨越了五百多年

《诗经》是什么时候编成的，具体是由谁来编的，因时代久远，已弄不清楚。古代学者大多认为是孔子编定的，因为孔子是儒家学派的创始人，所以不仅是《诗经》，包括《周易》《尚书》《礼记》《春秋》在内的五经都是由孔子编定的。现代学者认为《诗经》是周代的乐师或是史官编集的，这应该是一个漫长的过程，因为《诗经》里的诗篇，前后跨度就有五百多年。

《诗经》里最早的诗记录于西周初年，多为宫廷创作的用于宗庙祭祀的乐歌，大概在公元前十一世纪，也有一些诗可能诞生得更早，但经过了周代乐师的改造。最晚的诗则在东周中期，大概是公元前六世纪。《诗经》

反映了五百多年的历史文化风貌，在这漫长的时间里，一直有人对诗进行收集、编辑，甚至修改，因为这些诗篇要配乐演奏、歌唱，以适用于各种祭祀、仪式场合，还要用于周代贵族子弟的教育。后来孔子用《诗经》来教学，延续的正是周代贵族的传统。可能在孔子出生之前，《诗经》大体上已经编好了。今天《诗经》共有311首诗（其中6首只有诗题没有文辞，原是用笙演奏的，有人认为本来就没有文辞，古人称作“六笙诗”）。

“风雅颂”和“赋比兴”：《诗经》的分类和艺术手法

《诗经》分“风”“雅”“颂”三个部分，之所以这样分，既与音乐风格相关，也与诗的内容相关。“颂”的时代最早，是周天子、诸侯歌颂先王、先公功德的诗篇合集，多用于宗庙祭祀，包括了《周颂》《鲁颂》《商颂》三个部分。“雅”分为《小雅》和《大雅》，多用于天子诸侯祭祀、典礼等场合，既有不少关于周代政治生活与历史事件的作品，也有贵族个人的创作。“风”包括了十五国风，收录了十五个地区反映社会各个阶层的诗篇，涵盖地域极广，西至陕西、甘肃，北至山西南部，南至汉水流域，东至山东半岛。这么大范围的诗是如何收集的呢？周代有专门的采诗官，在孟春时节，他们乘着轻便的马车，手里摇着木铎，到各地采集诗篇，献给乐师用来配乐歌唱。今天我们还有“采风”一词，源头就是这里。

《诗经》时代的人们，与自然万物的关系非常密切，他们需要观测天象运转的规律，来建设家园、确定农时；他们了解很多动物的习性，据此对动物做了初步的分类；他们熟悉植物，不仅食用，还培植、园艺，用于观赏；他们对环境、生死、灾害等体验远比现代人更为深刻。《诗经》写下了他们聆听万物的声音，描绘自然的各种颜色，以及由此带来的各种习俗与情感。《诗经》的艺术价值因此升华，后人将这些高明的创作手法总结为“赋”“比”“兴”。“赋”是直接的描写，直抒其事；“比”是比喻，例如把君子比喻成精心雕琢的玉石；“兴”就是用客观事物寄托情志，近似于象征，通过外物来抒发情感。“赋”“比”“兴”的诗歌艺术一直影响着中国古代诗人的创作。

《诗经》构筑了中国人的精神气质

《诗经》作为中国最古老的一部诗歌总集，它的内容极为丰富，作者阶层上至天子诸侯，下至士庶妇女，描写了当时各种祭祀、宴饮、节令、婚丧、战争、农事、歌舞、建筑等内容，涉及商周时期的各类历史事件，展现了不同阶层之人的各类情感。《诗经》的文辞典雅而不失流畅，情感庄严肃穆又不失活泼，既有雄大博厚的鸿篇巨制，也不乏民间小调式的婉转情歌。它给我们展现了周人的精神气质：坚韧不拔，乐观昂扬，积极进取；他们直面生活中的苦难，不逃避，不空泛，真实地表达人类生存的困境（此类困境也是现代人常常遇到的）；尽管有悲哀痛苦，然而更有直面的勇气，所以能堂堂正正地应对，始终对未来充满期待。这就使得《诗经》充满了应对苦难的磅礴生命力和精神力量，塑造了一种坚韧刚健的民族品格。因此后代的诗人们把《诗经》作为古典诗歌的最高准则。

《诗经》都是可以唱的

《诗经》最初是配乐演奏的。《左传》里记载，公元前544年，吴国的公子季札访问鲁国，鲁国乐师为季札完整演奏了十五国风、二雅和三颂，季札为此赞叹不已，还对每一部分都做了评价。《诗经》的古乐谱在后世逐渐失传，据说《鹿鸣》的古乐谱一直保存到三国魏晋时期，但历经战乱最终也遗失了。古乐谱虽不存，但人们还会创作新的乐谱，汉代就制作了不少《诗经》的琴曲，到了唐宋以后，宫廷依然会根据《诗经》创作各类曲子，民间也不断用各类音乐形式演绎着《诗经》。直到今天，不少地区还留有“《诗经》古乐”的非物质文化遗产，彰显着《诗经》与音乐结合后长久的生命力。

《诗经之乐》也属于“古乐新创”的尝试，我们选择《诗经》中脍炙人口的49首诗，分别谱上新曲，希冀给《诗经》带来别样的风貌。49首诗按主题分为“春”“夏”“秋”“冬”四本，对应植物、动物、思人和家国四个主题。为了帮助读者更好地理解《诗经》，我们给诗文加上了注释和解读，注释尽量用简单的话说明字词意思，并且详细解释、溯源诗中的动物和植物，以期读者能在现代环境中与之一一对应。在诗篇解读的撰写中，我们尽量还原创作的历史背景，让读者了解背后有趣的故事和知识点。由于《诗经》的研究历来学派众多，很多词、句都不止一种解读，要把所有解读都写下来，不仅读者容易厌倦，图书也容纳不了那么多篇幅，所以往往采用一两种较为合理的解释。读者若是看到有其他不一样的说法，也可以查找资料，思考哪一种解读更为合理。这样编写下来，我们希望这几本书不仅适合小朋友吟唱、阅读，也适合大朋友深入阅读、思考。希望大小朋友不仅能听到《诗经》之“乐”（音乐），也能感受《诗经》之“乐”（快乐）。

（南昌大学国学研究院副教授　于浩）

目录

《诗经》就要唱出来

zhōu nán guān jū

周南·关雎

guān guān jū jiū zài hé zhī zhōu yǎo tiǎo shū nǚ jūn zǐ hǎo qiú
关关[1]雎鸠[2]，在河之洲[3]。窈窕[4]淑[5]女，君子好逑[6]。

cēn cī xìng cài zuǒ yòu liú zhī yǎo tiǎo shū nǚ wù mèi qiú zhī
参差[7]荇菜[8]，左右流[9]之。窈窕淑女，寤寐[10]求之。

qiú zhī bù dé wù mèi sī fú yōu zāi yōu zāi zhǎn zhuǎn fǎn cè
求之不得，寤寐思服[11]。悠哉悠哉[12]，辗转反侧[13]。

cēn cī xìng cài zuǒ yòu cǎi zhī yǎo tiǎo shū nǚ qín sè yǒu zhī
参差荇菜，左右采之。窈窕淑女，琴瑟友[14]之。

cēn cī xìng cài zuǒ yòu mào zhī yǎo tiǎo shū nǚ zhōng gǔ lè zhī
参差荇菜，左右芼[15]之。窈窕淑女，钟鼓乐[16]之。

译文

“关关”歌唱的雎鸠鸟，就栖息在河洲上。温婉美丽的淑女，是君子的好对象。

参差不齐的荇菜，从左从右来捋取。温婉美丽的淑女，醒着梦着想追求。

追求她却没结果，醒着梦着思念着。思念如此漫长啊，翻来覆去睡不着。

参差不齐的荇菜，从左从右来采摘。温婉美丽的淑女，要用琴瑟来表白。

参差不齐的荇菜，从左从右来挑选，温婉美丽的淑女，要用钟鼓来取悦。

字词注释

1 关关：鸟叫声。

2 雎鸠：一种水鸟，一般认为是鱼鹰。

3 洲：河流中的陆地，原写作“州”。篆书写作，三根竖线表示河流，中间的圆圈表示河中的陆地。后来“州”字被用来表示更广泛的地域概念，比如“九州”“神州”，就另外加三点水，用“洲”表示水中陆地。

4 窈窕：娴静、美好的样子。

5 淑：善。“淑女”指具有外在美貌和内在美德的女子。

6 君子好逑：“好”，历代有两种读法，一种读为 hǎo，作形容词，意思是窈窕淑女是君子的好对象；一种读为 hào，作动词，意思是窈窕淑女是君子喜好的对象；译文采用第一种解释。“逑”，又作“雠”，字形是两只鸟对着说话，所以有匹配、配偶的意思。

7 参差：长短不齐的样子。

8 荇菜：一种水生植物，根茎可以食用，叶子为椭圆形，浮在水面上。周代贵族采摘来用于祭祀。

9 流：求取、撸取的意思，和后面的“采”“芼”，都有采摘、采取的含义，只是动作略有区别。

10 寤寐：“寤”，醒来。“寐”，睡着。

11 思服：“思”是语气词，没有意义。《诗经》里的“思”字多作语气词，比如《周南·汉广》的“不可求思”，《鲁颂·駉》的“思无斁”“思无邪”等。“服”，思念的意思。

12 悠哉悠哉：“悠”，忧思的样子。这句指长夜漫漫，忧思绵长。

13 辗转反侧：翻来覆去睡不着觉。

14 友：名词作动词用，表示亲近的意思。“友”的篆书写作 ，像两只手相握的样子。

15 芼：挑选，摘取。

16 乐：名词作动词用，使……快乐。

爱情诗如何成为礼乐文明的象征？

《周南·关雎》是《诗经》的第一首诗，也是一首古老的情诗，说它是最早的情诗也不为过。春天的河洲上，雎鸠鸟发出求偶的“关关”声，一名温婉美丽的女子，正被君子所爱慕。君子思念这位淑女，连晚上都在想，翻来覆去睡不着觉。最后他决定选择一种高雅得体的方式来追求，即用琴瑟来取悦她，以钟鼓来打动她。这样的行为既是对淑女的尊重，也表现出君子渴望得到淑女的回音。琴瑟、钟鼓，一般是贵族使用的乐器，从这里看这位君子的身份应该较为高贵。

这首诗具体创作于什么时间，已经没法知道。不过它很早就被用于周代的各种礼仪场合。比如周代每隔三年会在“乡学”这个机构举行“乡饮酒礼”，由乡大夫招待乡中的贤才和德高望重的老者，礼宴中有一个演奏环节，就是用笙、瑟等乐器合奏并歌唱《周南·关雎》等诗。所以这首诗的诞生时间一定很早。也许它是被乐师或史官从民间采集到朝廷里，再制作成歌，放在重要场合演奏和歌唱的。正因如此，这首诗也被后来的学者当作西周礼乐文明的代表，赋予了很多的象征意义。甚至很长一段时间，人们认为这首诗是周公传下来的，诗里的君子是周文王，淑女是周文王的夫人太姒，这首诗是赞美周文王和太姒的美德。之所以会产生这样的认识，或许是因为周公就是西周礼乐文明的设计者和奠基者吧。

因为这首诗带有强烈的西周礼乐文明的印记，所以《周南》很受孔子的重视。孔子经常谈起《周南·关雎》，喜爱得不得了，不仅和弟子们常谈，还常督促儿子孔鲤多读。有一回孔鲤从孔子门前走过，想要快一点溜过去，结果还是被孔子叫住，问他有没有好好读《诗经》；还有一次，孔子问他有没有好好学《周南》《召南》。孔子还感叹说：“师挚之始，《关雎》之乱，洋洋乎盈耳哉！”师挚是乐师，名字叫“挚”，“乱”指的是乐曲的结尾部分。这里孔子是赞扬师挚演奏的音乐盛大而优美，演奏到《周南·关雎》的末章，孔子听得如痴如醉，美妙的乐声充满耳中。

周南·关雎

扫码听乐

《诗经》原诗
晓　月　作曲
黄延平　编曲

1＝D $\frac{4}{4}$

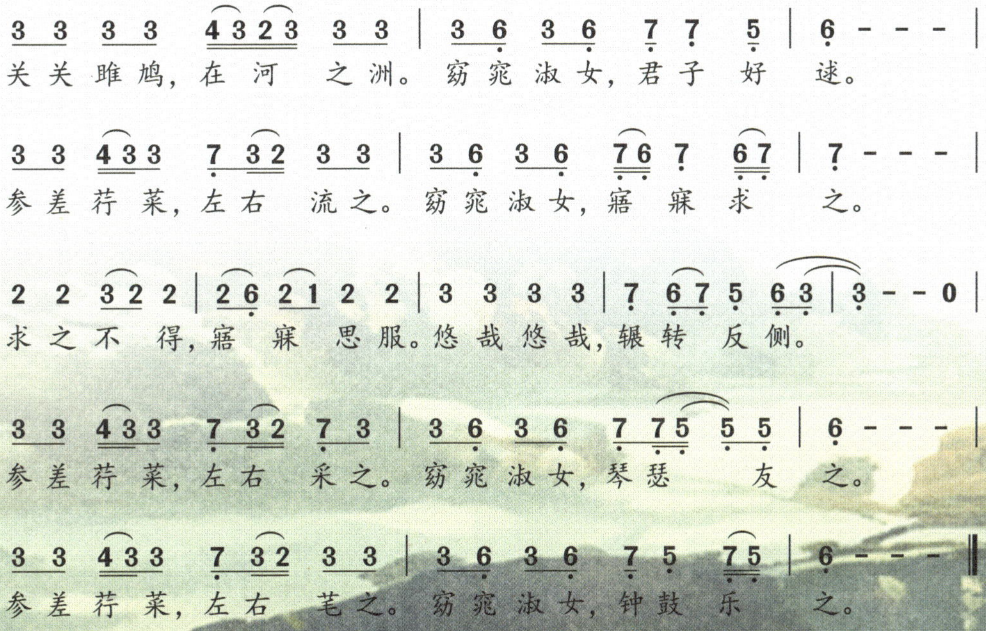

zhōu nán · zhōng sī
周南·螽斯

zhōng sī yǔ shēn shēn xī yí ěr zǐ sūn zhēn zhēn xī
螽斯[1]羽，诜诜[2]兮。宜尔子孙，振振[3]兮。

zhōng sī yǔ hōng hōng xī yí ěr zǐ sūn shéng shéng xī
螽斯羽，薨薨[4]兮。宜尔子孙，绳绳[5]兮。

zhōng sī yǔ jí jí xī yí ěr zǐ sūn zhé zhé xī
螽斯羽，揖揖[6]兮。宜尔子孙，蛰蛰[7]兮。

译文

蝈蝈的翅膀，莘莘的一群啊。多么合意的子孙，振奋有为啊。

蝈蝈的翼翅，飞起来嗡嗡的。多么适宜的子孙，肃穆又敬慎。

蝈蝈的双翼，飞起来纷纷的。多么合宜的子孙，济济又和睦。

字词注释

1 螽斯：直翅目昆虫，品种很多，常见的有蝈蝈、纺织娘等。身体绿色或褐色，触角呈丝状。螽斯的触角细长，蚱蜢、蝗虫的触角与之相比则更短、粗。

2 诜诜：形容众多的样子，读音和意义与“莘莘学子”的“莘莘”相同。

3 振振：振奋有为的样子，与《周南·麟之趾》中“振振”意义相同。

4 薨薨：形容螽斯群飞的声音，也表示众多的意思。

5 绳绳：多而敬慎的样子。

6 揖揖：同“集集”“济济”，指聚在一起众多的样子。“诜诜”“薨薨”“揖揖”是从三个不同的角度来展现众多的状态，“诜诜”是数量上，“薨薨”是声音上，“揖揖”是动作上。

7 蛰蛰：和睦相处，聚集在一起而不乱的样子。

从《诗经》跳到“翠玉白菜”上的螽斯

《诗经》里有很多描绘贵族子弟汇聚在一起的诗句，如“济济多士”“济济跄跄”，大都用于形容各种礼仪或祭祀的场合，这样的场合往往人数众多，而又井然有序，展现出贵族们高尚的品质。《周南·螽斯》也许就是在这类场合中写下来的。

在《诗经》的创作时代，螽斯是与人类关系密切的昆虫，在郊野中，在门前的草丛，在庭院里，甚至在屋宇内都能见到。它们繁殖迅速，因而被赋予了多子多福的美好寓意。台北故宫博物院有一件镇院之宝——“翠玉白菜”，是清代宫廷的物件，玉雕成的白菜上，还雕琢了一只螽斯，就含有子孙众多、绵延无穷的寓意。

本诗的三章，主题相同，但表达的方向、程度略有区别：“诜诜”“薨薨”“揖揖”分别从数量、声音和动作三个方面来形容众多的状态，“振振”“绳绳”“蛰蛰”则用三种不同的气质来形容贵族子弟的知书达礼。这样的描写，使得诗句相近却不会单调，简洁而意蕴丰富。这样的写作方法叫作“重章互足”，在《诗经》里很普遍。要注意的是，“宜尔子孙振振兮”等句其实连起来才完整，中间断句是为了满足诵读的需要。所以这首诗原采用的是三、三、七的结构，各章最后一句是七言。“宜”是适宜、适当、合宜的意思，在诗里指贵族子孙的举动符合礼仪，所以他们振奋有为，肃穆敬慎，济济和睦！

扫码听乐

周南·螽斯

《诗经》原诗
晓　月　作曲
黄延平　编曲

1=♭B $\frac{4}{4}$

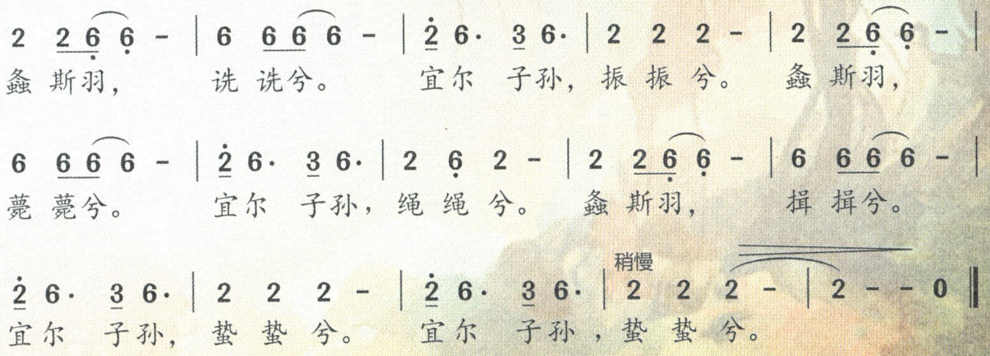

周南·麟之趾

麟[1]之趾[2]，振振公子[3]，于嗟[4]麟兮。

麟之定[5]，振振公姓，于嗟麟兮。

麟之角，振振公族，于嗟麟兮。

译文

麒麟的蹄子，振奋有为的公子，呼呀，麒麟啊。

麒麟的额顶，振奋有为的公孙，呼呀，麒麟啊。

麒麟的头角，振奋有为的公族，呼呀，麒麟啊。

字词注释

1 麟：麒麟，传说中象征祥瑞的神兽，具有仁慈、诚信、忠厚等美德，只有在盛世时才会出现。它的原型应该是某种大型鹿类。周代对鹿很重视，视鹿为王权的象征，认为鹿有吉祥、吉庆的寓意。

2 趾：麟的足。

3 公子：西周是宗法社会，实行嫡长子继承制。一个家族由嫡长子继承相应的爵位，庶子则分出去另立别宗；分出去的庶子，又是所属宗的宗主，他的爵位也由嫡长子继承，而庶子再分，如此类推。分出去的庶子，也会祭拜自己的父亲、祖父，但到第五代以后，就不用祭祀祖庙了，只需要祭拜嫡系的祖庙。公子指的就是嫡系的子孙，后文中的公姓指的是同一祖父的子孙，公族范围更广，是指同一高祖（祖父的祖父）的子孙。公子、公姓、公族，泛指贵族子弟。

4 于嗟：感叹词。

5 定：通“颠”，指额头。

瑞兽的脚指头都是温柔的

麟，后世又称麒麟，古代人认为是一种祥瑞之兽。它长着獐子的身体、牛的尾巴、马的足，全身黄色，蹄子是圆形的，有一个角，但从不用来攻击，因此角端有肉。它声音如同黄钟大吕，行走起来也从容有度；它性情仁慈谨慎，往往仔细审视地面后才会通过，不踩踏活的动物，不践踏草丛；它不群居，经常单独行动，从来不会被陷阱或罗网抓住。

诗人举出麒麟“不履生虫，不践生草”的足趾，温驯慈祥的额头，还有从不动武、顶端有肉的角，来形容贵族子弟们的淳厚和贤明。“趾”“定”“角”都是麒麟善良仁爱的象征，诗人仿佛在说：要成为高贵的人，先从善良、仁爱之事做起吧。

诗很简单，寓意却很深远。既将贵族比作麒麟，同时也对他们有所期许，期望他们能像麒麟一样仁慈地对待百姓，对待万物。所以诗人才感叹“于嗟麟兮”，直译就是“呼呀，麒麟啊”，内在含义是“那可是麒麟啊！公子们，要像它一样振奋，善待人民”！

扫码听乐

周南·麟之趾

《诗经》原诗
晓　月　作曲
黄延平　编曲

1 = F $\frac{4}{4}$

wèi fēng shuò shǔ

魏风·硕鼠

shuò shǔ shuò shǔ wú shí wǒ shǔ sān suì guàn rǔ mò wǒ kěn gù
硕鼠[1]硕鼠，无食我黍[2]！三岁[3]贯[4]女，莫我肯顾[5]。

shì jiāng qù rǔ shì bǐ lè tǔ lè tǔ lè tǔ yuán dé wǒ suǒ
逝将去女[6]，适[7]彼[8]乐土。乐土乐土，爰[9]得我所[10]。

shuò shǔ shuò shǔ wú shí wǒ mài sān suì guàn rǔ mò wǒ kěn dé
硕鼠硕鼠，无食我麦[11]！三岁贯女，莫我肯德[12]。

shì jiāng qù rǔ shì bǐ lè guó lè guó lè guó yuán dé wǒ zhí
逝将去女，适彼乐国。乐国乐国，爰得我直[13]。

shuò shǔ shuò shǔ wú shí wǒ miáo sān suì guàn rǔ mò wǒ kěn láo
硕鼠硕鼠，无食我苗[14]！三岁贯女，莫我肯劳[15]。

shì jiāng qù rǔ shì bǐ lè jiāo lè jiāo lè jiāo shuí zhī yǒng háo
逝将去女，适彼乐郊。乐郊乐郊，谁之永号[16]？

译文

大田鼠啊大田鼠，不要吃我的黍米！三年都在供奉你，你却丝毫不顾惜。发誓定要离开你，去往心中的乐土。乐土啊乐土，哪里有我的去处。

大田鼠啊大田鼠，不要吃我的麦子！三年都在供奉你，你却丝毫不报德。发誓定要离开你，去往心中的乐国。乐国啊乐国，哪有去往的道路。

大田鼠啊大田鼠，不要吃我的小米！三年都在供奉你，你却丝毫不同情。发誓定要离开你，去往心中的乐郊。乐郊啊乐郊，又是谁在长哭号？

字词注释

1 硕鼠：“硕”，大。“硕鼠”可能是指田鼠。

2 黍：中国古代最为重要的粮食作物之一，栽培历史悠久，可以作为主食，也可以用来酿酒。黍米近似黄米而稍大，有红、黄、黑、白等不同颜色。黍的甲骨文写作  ，是黍米成熟时黍穗下垂的样子。《诗经》的《豳风·七月》《鲁颂·閟宫》也提到了黍，能看出《诗经》时代黍的品种众多。

3 三岁：三年。周代以三年为一个周期进行大范围的人口普查，确定赋税征收的额度。因为魏国的统治者太过贪婪，压榨百姓，每三年都在增加赋税，所以诗人说供奉了三年，都不知同情，不照顾百姓。

4 贯：侍奉，供奉。

5 莫我肯顾：“肯”，愿意。“顾”，眷顾。这句诗有一个倒装，将作为宾语的“我”放在了句中，这是古代汉语的常见用法，叫作“否定句宾语前置”。实际的表达是“莫肯顾我”，直译是一点也不眷顾我，指统治者贪得无厌，一点也不眷顾人民。

6 逝将去女：“逝”，通“誓”。“女”，通“汝”，你。这句的意思是发誓定要离开你。

7 适：去，往。

8 彼：那个。

9 爰：哪里。

10 所：去处的意思。“爰得我所”指哪里有我的去处。

11 麦：大麦。《诗经》里的小麦称作“来”，“麦”和“来”的古文字是同源的，“麦”字就是“来”（“來”下加一个“夂”，就是“麥”，是“麦”的繁体字）。“来”字甲骨文作，“麦”甲骨文作，都是表示麦子成熟的样子。大麦又叫作“牟”，古书写作“麰”，和黍一样，是古代普遍、重要的粮食作物。大麦不如小麦精细，一般用来煮成饭、粥食用。

12 德：名词作动词用，感激、施德的意思。“莫我肯德”和“莫我肯顾”句式用法相同，即“莫肯德我”，指统治者不肯施德于我。

13 直：道路的意思。“直”字和“德”字在古代读音相近，可以和“国”“德”押韵。

14 苗：禾类植物开花结实前的统称，这里指小米。

15 劳：慰劳，慰问。“莫我肯劳”就是“莫肯劳我”，指统治者一点也不肯慰劳、同情人民，对待人民没有同理心。

16 谁之永号：“之”，代词，与“其”类似，表示这个、那个的意思，这里是借代前面的“谁”，表示疑问。“永”，长。“号”，号哭，呼号。

对贪得无厌的统治者的讽刺

这是《魏风》中很有代表性的一首诗，讽刺统治者贪得无厌、无休无止地压榨人民。诗人将统治者比喻成丑陋的大田鼠——他们不劳作不耕种，吃老百姓辛苦种植的粮食，却丝毫不怜悯、同情百姓，也不施德于百姓，没有尽到统治者的责任，只顾剥削掠夺。魏国的人民被逼得喊出“无食我黍”——不要再吃我的粮食了，不要再剥削我了；又说“逝将去女”，发誓要离开令他们厌恶的国度，去寻找心中的乐土、乐国、乐郊，也就是没有剥削的人间乐园。但是找得到吗？诗里说“爰得我所”“爰得我直”——哪里有自己的去处呢？哪里有路可以通往人间乐园呢？百姓没有去处，也找不到乐园，所以只能发出长长的呼号。

整首诗的情绪是悲哀、绝望的，这是一种没有出路、无处安居的悲观情绪；而诗里的情绪越深切，就越能激起读者的同情，对统治者的讽刺就越有力。《魏风》所记载的魏国，不是战国七雄的那个魏国，而是西周初年周王朝所封的姬姓诸侯国，故城在今山西省芮城县东北古魏城。历史记载，魏国后期的国君大多贪婪酷烈，不爱护百姓，所以《魏风》中的诗篇都很悲苦。正是这样的原因，魏国很早就亡了，春秋时期为晋献公所灭。所以《魏风》的时代，应该在西周中后期和春秋早期。想必收集《魏风》的人，就是想以《魏风·硕鼠》这一类的诗警告后世的统治者，如果贪得无厌、压迫剥削百姓，就会落得和魏国一样的下场。

扫码听乐

魏风·硕鼠

《诗经》原诗
晓　月　作曲
黄延平　编曲

1=♭E $\frac{4}{4}$ $\frac{2}{4}$

bèi fēng yàn yàn
邶风·燕燕

yàn yàn yú fēi cī chí qí yǔ zhī zǐ yú guī yuǎn sòng yú yě zhān wàng fú jí qì tì rú yǔ
燕燕[1]于飞，差池[2]其羽。之子于归[3]，远送于野。瞻望弗及[4]，泣涕如雨[5]。

yàn yàn yú fēi xié zhī háng zhī zhī zǐ yú guī yuǎn yú jiāng zhī zhān wàng fú jí zhù lì yǐ qì
燕燕于飞，颉之颃之[6]。之子于归，远于将[7]之。瞻望弗及，伫立[8]以泣。

yàn yàn yú fēi xià shàng qí yīn zhī zǐ yú guī yuǎn sòng yú nán zhān wàng fú jí shí láo wǒ xīn
燕燕于飞，下上其音。之子于归，远送于南。瞻望弗及，实劳我心。

zhòng shì rèn zhī qí xīn sè yuān zhōng wēn qiě huì shū shèn qí shēn xiān jūn zhī sī yǐ xù guǎ rén
仲氏[9]任[10]只，其心塞渊[11]。终温且惠[12]，淑慎其身[13]。先君[14]之思，以勖[15]寡人[16]。

译文

两只燕子天上飞，羽翼上下有参差。有位女子要归去，远送她到郊野外。直到远远望不见，涕泪如雨纷纷落。

两只燕子天上飞，忽而高昂忽低垂。有位女子要归去，特意遥遥护送她。直到远远望不见，独自伫立伤悲泣。

两只燕子天上飞，一上一下在悲鸣。有位女子要归去，远送她到南方去。直到远远望不见，我的心里多苦涩。

仲氏为人得信任，内心诚实而稳重。人既温婉又聪慧，立身善良且谨慎。常用先君的爱思，对我劝勉和宽慰。

字词注释

1 燕燕：燕子。“燕燕”指两只燕子。

2 差池：参差的意思。“差池其羽”形容两只燕子在飞的时候上下交互、羽翼参差的样子。

3 之子于归：“之子”，这个女子。在《诗经》里“于归”有两个意思，一是指女子出嫁，二是指回到母家。这首诗中的“于归”指回到母家。

4 瞻望弗及：“弗”，不。“及”，达到。这句的意思是看不到了。

5 泣涕如雨：“泣”指眼泪流。“涕”指鼻涕流。“泣涕”泛指哭泣。这句是说眼泪、鼻涕像雨一样流下，形容哭得很悲伤。

6 颉之颃之：“颉颃”是联绵词，也能写成“颃颉”，形容一会儿上飞一会儿下飞的样子。双燕齐飞的时候，经常一上一下，诗里描写得很准确。后来“颉颃”也比喻两个人互相竞争、不相上下的意思。

7 将：送行。

8 伫立：站立。

9 仲氏：这首诗写的是送一名叫“戴妫”的女子回家，戴妫字“仲”，所以称“仲氏”。

10 任：信任，这里作形容词，指值得信任、有诚信。

11 塞渊：形容人的性情诚实稳重。

12 终温且惠："终……且……"是《诗经》里常见的一种句式，意思是"既……又……"。"温"，温柔。"惠"，聪慧。这句的意思是仲氏既温柔又聪慧。

13 淑慎其身："淑"，善良，美好。"慎"，谨慎。"身"，指仲氏自己。这句是说仲氏能保有善良谨慎的美德。

14 先君：逝去的君主，这里指卫庄公。

15 勖：勉励，安慰。

16 寡人：古代君主、妃子的自称，这里是诗人的自称。这首诗的作者是卫庄公的夫人庄姜。

卫国内乱中坚强的贵族女性

公元前719年，卫国爆发了一次严重的内乱。公子州吁杀死了君主卫桓公，自立为卫国的国君。卫桓公的生母叫作戴妫，是陈国人，此时被迫要回到陈国。卫桓公的养母叫作庄姜，与戴妫的关系很好，前来给戴妫送行，写下了这首《邶风·燕燕》。诗的情绪很悲痛，不仅因为庄姜失去了戴妫这名好友，也因她之后要独自面对州吁的暴行了。

诗用双燕起兴——两只燕子翩然而飞，不相上下，互相鸣叫，就好像庄姜与戴妫。当卫庄公去世之后，她们相互扶持，帮助卫桓公治理国家。现在戴妫被迫回归母国，庄姜只能“泣涕如雨”。

庄姜赞美戴妫拥有善良诚实的美德，离别时还用先君卫庄公来勉励自己要坚持下去，要坚定自己的信念。后来卫国的大臣石碏利用和陈国国君的关系，密谋杀死了州吁，平定了内乱，而这其中说不定就有戴妫的帮助。

扫码听乐

邶风·燕燕

《诗经》原诗
晓月 作曲
黄延平 编曲

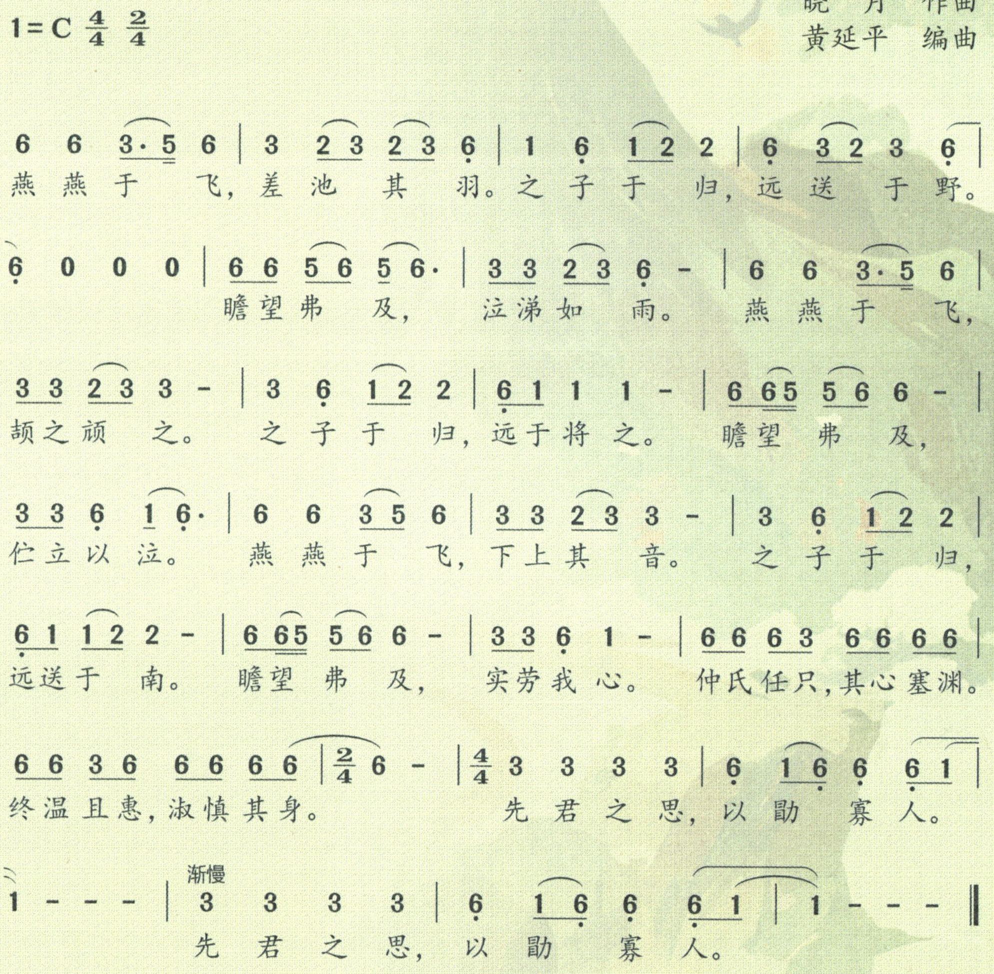

wèi fēng yǒu hú
卫风·有狐

yǒu hú suí suí zài bǐ qí liáng xīn zhī yōu yǐ zhī zǐ wú cháng
有狐绥绥[1]，在彼淇[2]梁[3]。心之忧矣，之子无裳[4]。

yǒu hú suí suí zài bǐ qí lì xīn zhī yōu yǐ zhī zǐ wú dài
有狐绥绥，在彼淇厉[5]。心之忧矣，之子无带[6]。

yǒu hú suí suí zài bǐ qí cè xīn zhī yōu yǐ zhī zǐ wú fú
有狐绥绥，在彼淇侧[7]。心之忧矣，之子无服[8]。

译文

狐狸迟缓而疲惫，走在淇水的石桥上。我心如此忧愁啊，这个人都没有衣裳。

狐狸迟缓而疲惫，走在淇水的水滩边。我心如此忧愁啊，这个人都没有衣带。

狐狸迟缓而疲惫，走在淇水的河岸侧。我心如此忧愁啊，这个人都没有衣服。

字词注释

1 绥绥：慢吞吞行走的样子。

2 淇：淇水。

3 梁：古代用来渡水的石桥。

4 裳：古时上衣叫“衣”，下衣叫“裳”。

5 厉：水边，水滩。

6 带：衣带。

7 侧：水边，水旁。

8 服：衣服。

战乱中流离的贵族

在《诗经》中，狐大多象征贵族，比如《齐风·南山》中的“雄狐绥绥”，与本诗的意思就很相近。狐皮做的狐裘一般是卿大夫乃至国君所穿的，比如《邶风·旄丘》中的“狐裘蒙戎”，用来指称卫国的群臣；《秦风·终南》中的“君子至止，锦衣狐裘”，则是赞美秦国君主；《桧风·羔裘》中的“狐裘以朝”，“狐裘”是桧国国君的服饰。狐皮珍贵，故只有身份高贵的人才穿得起，《豳风·七月》里说冬天猎取狐狸皮，给“公子”做裘衣。也许正因贵族服狐裘，所以人们看到狐狸，就不觉会想到贵族。

这首诗说的是看到狐狸行走在危险的水边、河堤，让诗人想到了流离逃亡的贵族。他为这些贵族感伤——他们和平时期衣冠鲜亮，举止优雅从容；现在则缓慢艰辛地走在堤岸边，随时可能掉落水中，而且衣冠不整，衣衫褴褛，都已经没了旧日的衣裳、衣带，极为狼狈。卫国的内乱特别多，《邶风·燕燕》里提到的州吁之乱便是其中之一；乱象往往持续很多年，受害的不仅有百姓，就连地位很高的贵族，也经常朝不保夕。贵族之间的斗争一向残酷，失败了便会有性命之忧，失败者不得不仓促地逃亡。

除了内部的斗争，卫国外患也很严重，这些外患正源于内部的不稳定。最危险的一次就是狄人攻入了卫国，杀死了卫国的君主卫懿公。因为卫懿公喜欢养鹤，让鹤乘坐华美的车驾，不问国事，所以当狄人入侵，国中没有人愿意为他出力，说：“让鹤给你打仗去吧。”国家因此差点灭亡。一小部分贵族逃到了曹地，成立了临时的政权，而更多的贵族、平民，只能四散逃亡。这首诗也许就是在这样的背景下写的。

扫码听乐

卫风·有狐

《诗经》原诗
晓 月 作曲
黄延平 编曲

1=♭E $\frac{4}{4}$

lǔ sòng jiōng

鲁颂·驷

jiōngjiōng mǔ mǎ zài jiōng zhī yě bó yán jiōng zhě yǒu yù yǒu huáng yǒu lí yǒu huáng

驷驷[1]牡马，在坰[2]之野。薄言驷者，有驈有皇，有骊有黄[3]，

yǐ chē bāng bāng sī wú jiāng sī mǎ sī zāng

以车彭彭[4]。思无疆，思马斯臧[5]。

jiōngjiōng mǔ mǎ zài jiōng zhī yě bó yán jiōng zhě yǒu zhuī yǒu pī yǒu xīng yǒu qí

驷驷牡马，在坰之野。薄言驷者，有骓有駓，有骍有骐[6]，

yǐ chē pī pī sī wú qī sī mǎ sī cái

以车伾伾[7]。思无期，思马斯才[8]。

jiōngjiōng mǔ mǎ zài jiōng zhī yě bó yán jiōng zhě yǒu tuó yǒu luò yǒu liú yǒu luò

驷驷牡马，在坰之野。薄言驷者，有驒有骆，有骝有雒[9]，

yǐ chē yì yì sī wú yì sī mǎ sī zuò

以车绎绎[10]。思无斁，思马斯作[11]。

jiōngjiōng mǔ mǎ zài jiōng zhī yě bó yán jiōng zhě yǒu yīn yǒu xiá yǒu diàn yǒu yú

驷驷牡马，在坰之野。薄言驷者，有骃有騢，有驔有鱼[12]，

yǐ chē qū qū sī wú xié sī mǎ sī cú

以车祛祛[13]。思无邪，思马斯徂[14]。

译文

健壮的大雄马，在遥远的郊野。这些壮马怎么样？黑身白胯的是驈，黄白色的是皇，纯黑色的是骊，黄中带赤的是黄，用它们来驾车是多么威武雄壮。啊，无边无际，这些马多么优良。

健壮的大雄马，在遥远的郊野。这些壮马怎么样？苍白杂色的是骓，黄白相间的是駓，红中带黄的是骍，青黑色的是骐，用它们来驾车是多么矫健有力。啊，无边无垠，这些马多么强劲。

健壮的大雄马，在遥远的郊野。这些壮马怎么样？深浅斑纹的是驒，黑鬃白身的是骆，黑鬃赤身的是骝，白鬃黑身的是雒，用它们来驾车是多么威猛迅捷。啊，百看不厌，这些马多么矫健。

健壮的大雄马，在遥远的郊野。这些壮马怎么样？浅黑兼白的是骃，赤白相间的是騢，四足白毛的是驔，眼有白边的是鱼，用它们来驾车是多么整齐强盛。啊，数不胜数，这些马多么健硕。

字词注释

1 骃骃：良马雄健壮实的样子。

2 坰：很远的野外。

3 有驈有皇，有骊有黄：两股之间色白的黑马叫“驈”，黄白色的马叫“皇”，纯黑色的马叫“骊”，黄中带赤的马叫“黄”。

4 以车彭彭：“以”在这里是驾的意思。“彭彭”，强健而有威仪的样子。

5 思无疆，思马斯臧：两个“思”都是语气词，表示感叹。“疆”，疆域，“无疆”就是无边无际的意思。“斯”，代词，指代“马”，表示强调。“臧”，善，好，指马匹之良。

6 有骓有駓，有骍有骐：苍白杂色的马叫“骓”，黄白相间的马叫“駓”，红色微黄的马叫“骍”，青色微黑的马叫“骐”。

7 伾伾：矫健有力的样子。

8 思无期，思马斯才：“期”，期限，界限。“才”，有才能，此处形容马匹强健有力。

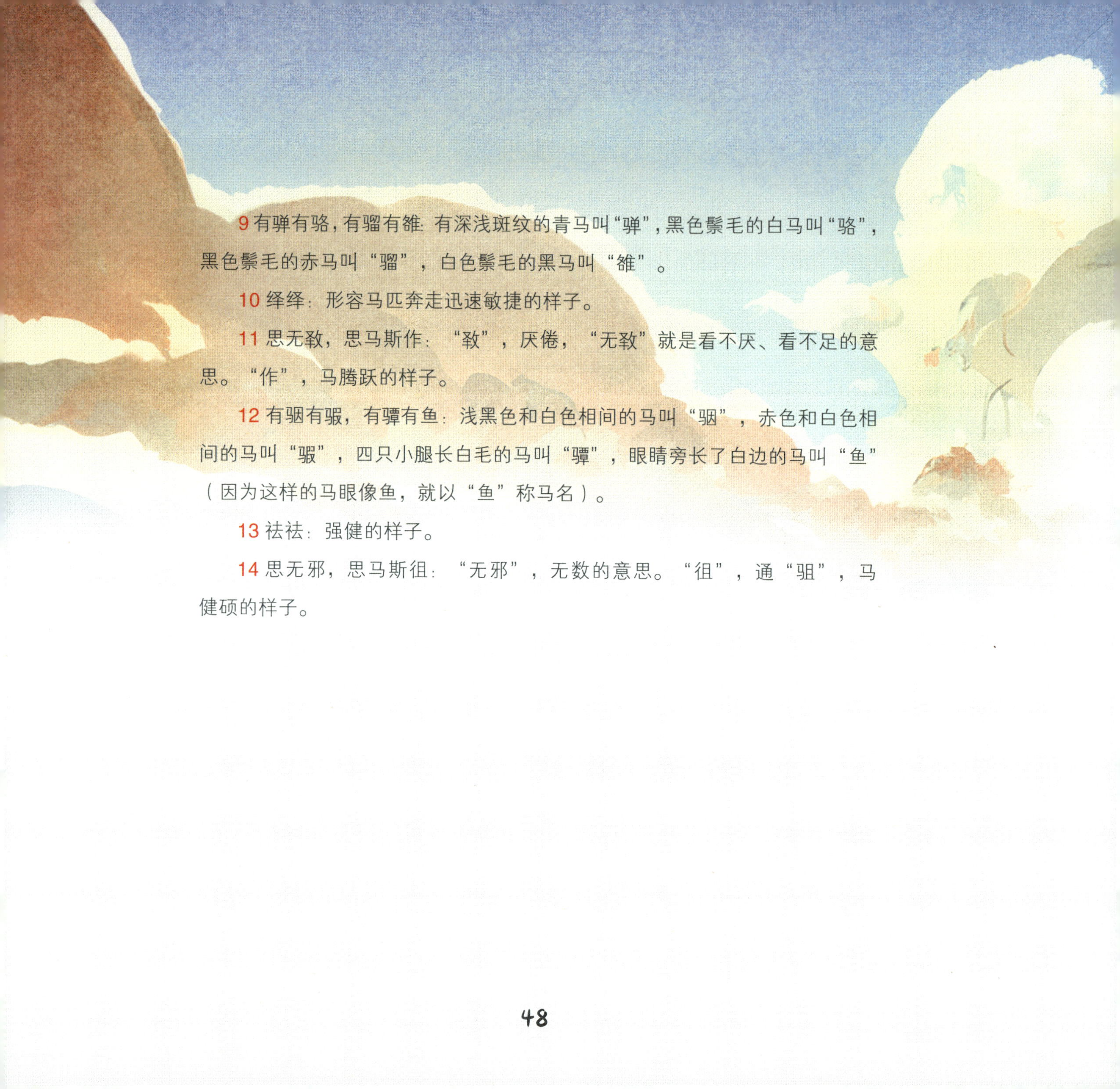

9 有骍有骆，有骝有雒：有深浅斑纹的青马叫“骍”，黑色鬃毛的白马叫“骆”，黑色鬃毛的赤马叫“骝”，白色鬃毛的黑马叫“雒”。

10 绎绎：形容马匹奔走迅速敏捷的样子。

11 思无斁，思马斯作：“斁”，厌倦，“无斁”就是看不厌、看不足的意思。“作”，马腾跃的样子。

12 有骃有騢，有驔有鱼：浅黑色和白色相间的马叫“骃”，赤色和白色相间的马叫“騢”，四只小腿长白毛的马叫“驔”，眼睛旁长了白边的马叫“鱼”（因为这样的马眼像鱼，就以“鱼”称马名）。

13 祛祛：强健的样子。

14 思无邪，思马斯徂：“无邪”，无数的意思。“徂”，通“驵”，马健硕的样子。

鲁僖公的牧场放马之歌

这是赞美鲁僖公养马之盛的诗。鲁僖公是鲁国的第十八任君主，在位共三十三年，是一位比较有作为的君主，在春秋时期享有贤名。春秋时期，一个国家是否强盛，要看拥有的战车数量，而战车的数量，又与马匹数量和质量密切相关。这首诗赞美鲁僖公时期鲁国马匹数量众多、品种多样、强健壮硕，这是国力强盛的象征。

这首诗辞藻华丽，结构严谨，先说在鲁国都城郊外的牧马场，那里公马雄健壮实，再列举出各种各样毛色的良马，写作技法十分巧妙，既显示了马匹品种多样，又以毛色不同的马并举，呈现视觉上的效果。这么多的良马，驾驭起来有强健迅捷、干练有力的气派，“以车彭彭”“以车伾伾”“以车绎绎”“以车祛祛”就是这个意思。各章最后都用两个感叹句，赞美这么多的良马，无边无际，看不完，看不尽，看不厌，是多么健美、壮硕、盛大。要注意每一章中这些字词的运用：“无疆、无期、无斁、无邪”，指的是良马的无边无际、无穷无限，取之不尽，用之不竭；“臧、才、作、徂”，都含有完美、健壮的意思，形容马匹之优良。每一句句意相近而不重复，是《诗经》中诗歌的主要特色。

“思无邪”本来是单纯感叹鲁僖公良马无数的话。“思”是语气词，没有意义；“无邪”，本是“无数”的意思。但孔子想用一句话来概括《诗经》的特点时，化用了这句话：“《诗》三百，一言以蔽之，曰‘思无邪’。”在孔子的话中，“思”指思想、思维，“无邪”也不再是无数，孔子将“邪”理解为邪念、不正的含义，那么“无邪”就是正直、直率的意思。这种引用诗里的一句或数句，但又不用它在诗里本来含义的方法叫作“断章取义”，也是春秋时期很常见的引诗方法。孔子认为，《诗经》所体现的思维和思想是直率的、不作伪的，欢欣就是欢欣，痛苦就是痛苦，吐露出诗人自己的真情实感，所以能够感染人、启发人、影响人。正是因为孔子的话，“思无邪”就成为后世人们对《诗经》评价最为重要的观点了。

鲁颂·𬳶

扫码听乐

《诗经》原诗
晓　月　作曲
黄延平　编曲

1 = F $\frac{4}{4}$

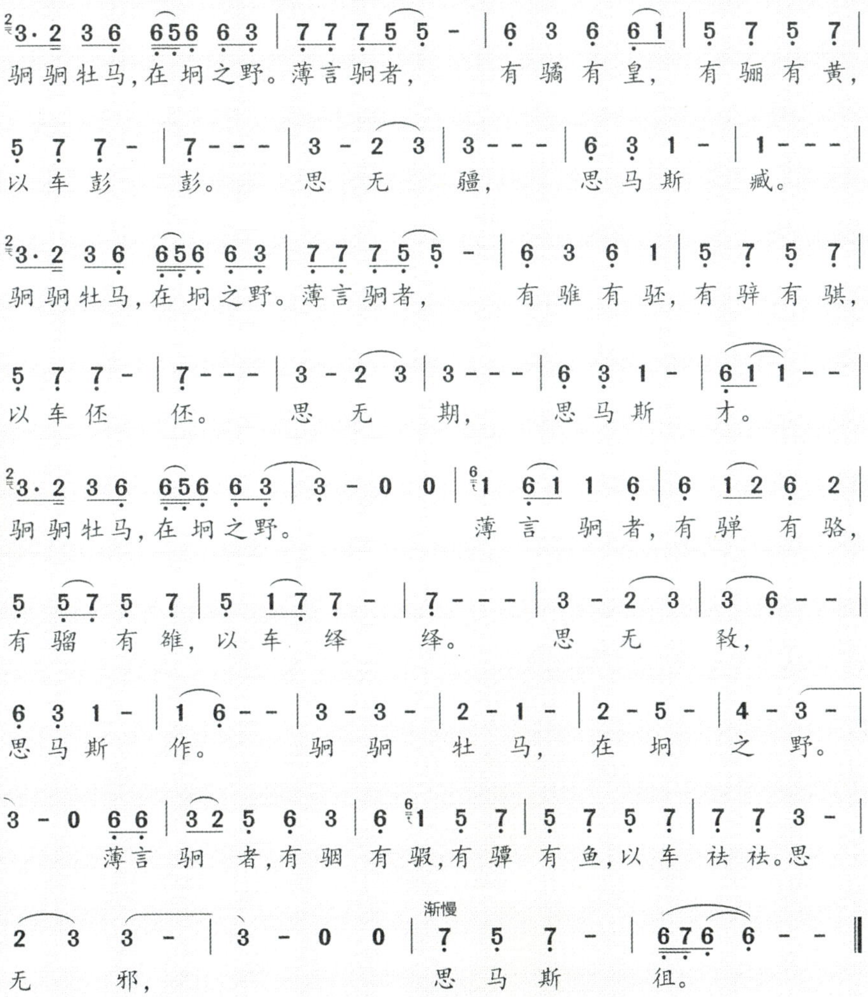

xiǎo yǎ yú lí
小雅·鱼丽

yú lí yú liǔ cháng shā jūn zǐ yǒu jiǔ zhǐ qiě duō
鱼丽[1]于罶[2]，鲿[3]鲨[4]。君子有[5]酒，旨[6]且多。

yú lí yú liǔ fáng lǐ jūn zǐ yǒu jiǔ duō qiě zhǐ
鱼丽于罶，鲂[7]鳢[8]。君子有酒，多且旨。

yú lí yú liǔ yǎn lǐ jūn zǐ yǒu jiǔ zhǐ qiě yǒu
鱼丽于罶，鰋[9]鲤[10]。君子有酒，旨且有。

wù qí duō yǐ wéi qí jiā yǐ
物其多矣，维[11]其嘉[12]矣。

wù qí zhǐ yǐ wéi qí xié yǐ
物其旨矣，维其偕[13]矣。

wù qí yǒu yǐ wéi qí shí yǐ
物其有矣，维其时[14]矣。

译文

鱼在篓子里跳，是黄颊，是石鮀。君子有好酒，甘美又丰厚。

鱼在篓子里跳，是鳊鱼，是黑鱼。君子有好酒，浓郁又醇美。

鱼在篓子里跳，是鲇鱼，是鲤鱼。君子有好酒，美满又富足。

物产多么丰富，品质多么精良。

物产多么美好，品种多么齐备。

物产多么富足，品类恰逢其时。

字词注释

1 丽：通“罹”，形容鱼在渔网、鱼梁中跳跃摆动的样子。

2 罶：竹制的捕鱼器。与《小雅·苕之华》“三星在罶”的“罶”同义。

3 鲿：黄鲿鱼，又称黄颊鱼，颊骨两边呈黄色，味道鲜美。

4 鲨：又称石鮀，也作“魦”，身体上有黑斑。“鲿”和“鲨”都是淡水鱼，比鲤鱼略大，肉肥美而鲜。“鲨”不是今天海里的鲨鱼，是一种体圆而有黑点的淡水鱼。

5 有：丰富、富有的意思。

6 旨：食物甘美、肥美的意思。

7 鲂：今称鳊鱼，细鳞，味美。

8 鳢：又名乌鳢，今称黑鱼。

9 鰋：今称鲇鱼。

10 鲤：即鲤鱼。

11 维：语气词，在句子开头表示强调。

12 嘉：美好。

13 偕：齐备，也有美好的含义。

14 时：表示“正当时”，也有好、善的意思。

物产丰富的美好祝福

这首诗和《鲁颂·駉》一样，也采用了列举的方法，用各种各样的鱼来展现饮食的丰富和生活的幸福。

鱼数量众多，捕鱼时用渔网打上来的各种鲜鱼，在水中扑腾翻滚，鳞光闪闪，给人一种富足、美好的感受。《诗经》里写到鱼，大都有生活幸福美满的寓意，比如《小雅·南有嘉鱼》等。这种寓意，一直延续到了今天，除夕的年夜饭，我们还要做一道鱼，放在那里不吃，表示年年有余的意思。年年有余，就是“旨且多”“多且旨”“旨且有”；加上鱼类产卵很多，所以又有多子多福的寓意。很多古建筑的窗花、门槛处雕有鱼的形象，就是期望人丁兴旺、生活幸福。

古代人多依水而居，鱼类是比较普遍的食物，古代人很早就掌握了各种捕鱼的方法，至少在西周时期已经开始了人工养殖。鱼的烹饪方法，有蒸煮、煎烤以及生食（生鱼片，古代叫作“脍”）等。不过随着人口的增长、阶级的分化，鱼也变得珍贵起来，孟子说鱼和熊掌“不可得兼”，看来鱼差不多是和熊掌一样的珍馐了。这首诗里的“鲿、鲨、鲂、鳢、鰋、鲤”，都是很鲜美、珍贵的鱼，配以酒食，令人感到非常满足。这首诗记载的是贵族而非一般平民的生活。

扫码听乐

小雅·鱼丽

《诗经》原诗
晓月 作曲
黄延平 编曲

1=C $\frac{4}{4}$

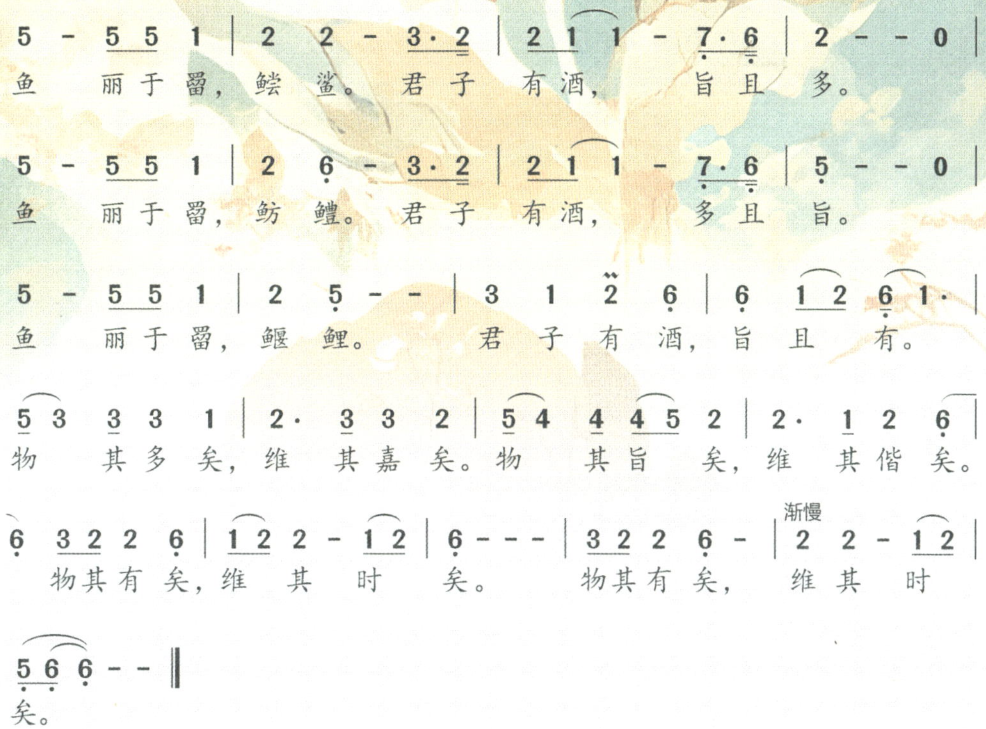

曹风·蜉蝣

cáo fēng　fú yóu

fú yóu　zhī yǔ　yī cháng chǔ chǔ　xīn zhī yōu yǐ　yú wǒ guī chù

蜉蝣[1]之羽，衣裳楚楚[2]。心之忧矣，于我归处[3]？

fú yóu zhī yì　cǎi cǎi　yī fú　xīn zhī yōu yǐ　yú wǒ guī xī

蜉蝣之翼，采采[4]衣服。心之忧矣，于我归息[5]？

fú yóu jué yuè　má yī　rú xuě　xīn zhī yōu yǐ　yú wǒ guī shuì

蜉蝣掘阅[6]，麻衣[7]如雪[8]。心之忧矣，于我归说[9]？

译文

蜉蝣的双翅，像鲜亮的衣裳。心中忧虑啊，哪里是我的归处？

蜉蝣的双翼，像华美的衣服。心中忧虑啊，哪里能让我休息？

蜉蝣蜕壳而出，翅膀像雪白的麻衣。心中忧虑啊，哪里是我的归宿？

字词注释

1 蜉蝣：一种会飞的细小昆虫。它的幼虫生长在水中、泥沼中或水草上，在水中一般能活一到六年；成虫才会飞，但是生命短暂，从出水到死亡一般不过几个小时，活得长的也不过一星期。蜉蝣的幼虫数量众多，成虫往往成群地从水里飞出，而生命又极其短暂，还会成为其他昆虫、鸟类、蝙蝠等的食物，因此给人带来生命不易的强烈印象。

2 楚楚：鲜明整洁的样子。

3 于我归处：“于”，介词，有哪里的含义。“归”，往，去。“处”，处所。

4 采采：衣服华丽的样子。

5 于我归息：“息”，休息、停息的意思，“归息”也有归宿、归处的含义。

6 掘阅：“阅”，古时和“穴”通用。这是一个叠韵的联绵词，形容蜉蝣脱壳而出，从幼虫长为成虫的样子。

7 麻衣：用人穿的麻衣来借代蜉蝣的翅膀。

8 如雪：形容蜉蝣翅膀像雪一样晶莹透亮。

9 说：通“税”，意思是停止、停息。“归说”也即归宿。

蜉蝣带来的生命追问和思考

春夏时节，水塘边、泥沼边飞起了一大群蜉蝣。它们的翅膀透明，中间有网状的翅脉，反射着夕阳的光，显得格外鲜明闪亮。但它们的生命极为短促，刚交配完，完成了种族延续的使命，就立刻死去，展现出令人感叹的奇景。诗人看到这样的景观，不禁想到人的一生也极为短暂。那么人的归宿究竟在哪里呢？人生的意义在哪里呢？在短暂的生命里，要怎样才能不虚度人生？“心之忧矣，于我归处”就是诗人发出的深深疑问。

诗人的疑问充满了哲理，千百年来不同的哲学家也不断思考、讨论和寻找答案。对于生命意义的问题，似乎每个人都有自己的答案，并没有完美的解答。而人们还会一直追问下去。这首诗的发问，也持续激起后来读者的思考，让读者在人生的不同阶段追问自己是否虚度光阴，是否在努力追求充实而丰富的人生。这就是此诗的意义所在。

有趣的是，蜉蝣的学名是 Ephemeroptera，这个词由亚里士多德所创，词根来自古希腊词语 Ephemeron，意思是朝生暮死之物。不论是东方还是西方，都不约而同地给蜉蝣赋予了哲理和诗意。

扫码听乐

曹风·蜉蝣

《诗经》原诗
晓　月　作曲
黄延平　编曲

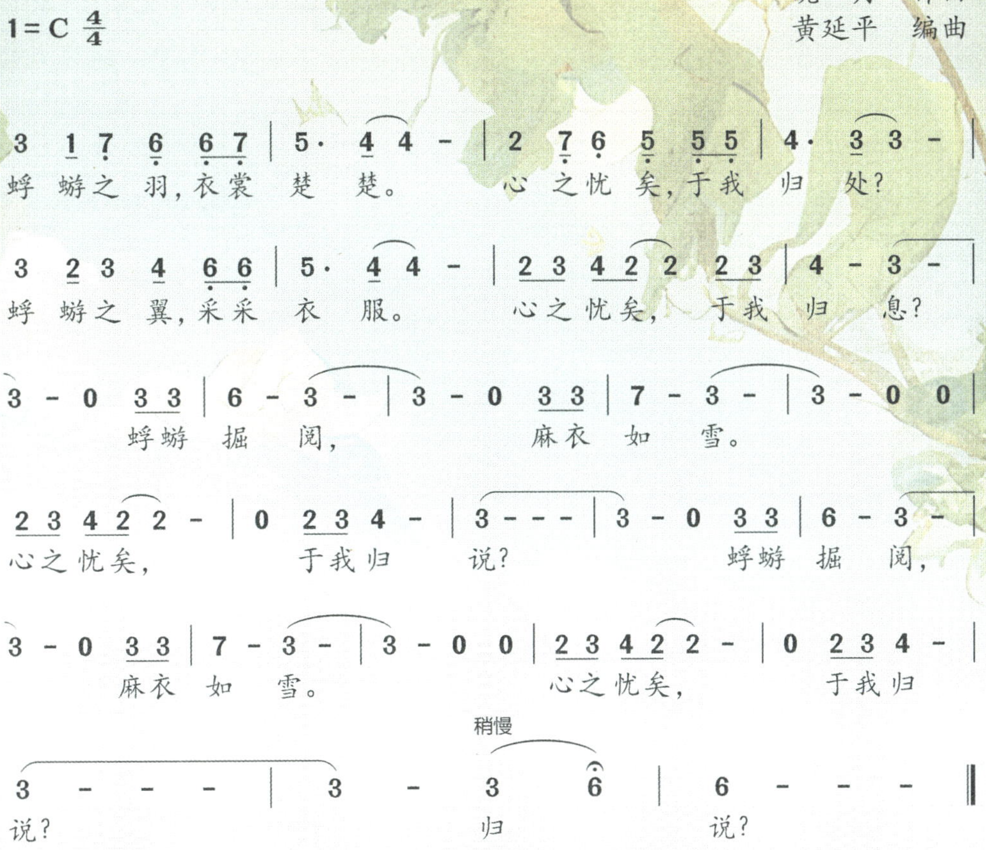

cáo fēng shī jiū

曹风·鸤鸠

shī jiū zài sāng qí zǐ qī xī shū rén jūn zǐ qí yí yī xī qí yí yī xī xīn rú jié xī

鸤鸠[1]在桑[2]，其子七[3]兮。淑[4]人君子，其仪[5]一[6]兮。其仪一兮，心如结[7]兮。

shī jiū zài sāng qí zǐ zài méi shū rén jūn zǐ qí dài yī sī qí dài yī sī qí biàn yī qí

鸤鸠在桑，其子在梅[8]。淑人君子，其带伊丝[9]。其带伊丝，其弁伊骐[10]。

shī jiū zài sāng qí zǐ zài jí shū rén jūn zǐ qí yí bú tè qí yí bú tè zhèng shì sì guó

鸤鸠在桑，其子在棘[11]。淑人君子，其仪不忒[12]。其仪不忒，正是四国[13]。

shī jiū zài sāng qí zǐ zài zhēn shū rén jūn zǐ zhèng shì guó rén zhèng shì guó rén hú bù wàn nián

鸤鸠在桑，其子在榛[14]。淑人君子，正是国人[15]。正是国人，胡不万年[16]。

译文

布谷鸟在桑树上，多个子女要哺育。善良仁厚的君子啊，仪表心灵都如一。仪表心灵都如一，他是如此坚定啊。

布谷鸟在桑树上，子女养在楠木上。善良仁厚的君子啊，衣带是高雅的白丝绸。衣带是高雅的白丝绸，帽上装饰着美玉。

布谷鸟在桑树上，子女养在酸枣树上。善良仁厚的君子啊，仪表心灵都如一。仪表心灵都如一，他执掌四方各国。

布谷鸟在桑树上，子女养在榛树上。善良仁厚的君子啊，可以领导国之民众。可以领导国之民众，如何不能传之万年。

字词注释

1 鸤鸠：布谷鸟。

2 桑：桑树。

3 七：泛指多，指布谷鸟多子，不是实指布谷鸟生了七个。

4 淑：善，形容君子。“淑人”就是很好的、有修养的人。

5 仪：仪表，行为举止。

6 一：一致，指表里如一。

7 结：固结、坚固的意思，引申为坚定。

8 梅：《诗经》里的“梅”一般有两个意思，一个同于今天梅树、梅子的“梅”，比如《召南·摽有梅》的“梅”；一个则是指楠木，常绿的高大乔木。这首诗的“梅”就是指楠木。

9 其带伊丝：“带”，衣带。“伊”，代词，类似“其”，放在句中表示强调。“丝”，白色的丝带。这里是形容君子的衣带高贵，彰显身份的不一般。

10 其弁伊骐：“弁”，皮弁，贵族的一种冠帽。“骐”，通“璂”，皮弁上的玉石装饰叫作“璂”。

11 棘：酸枣树。

12 忒：同“贰”。古代“忒”与“贰”的字形很相近，“其仪不贰”的意思和“其仪一兮”相同。

13 正是四国：“正”作动词用，表示主掌、主导的意思。“是”，这个的意思。“四国”，四方。

14 榛：榛树，结的榛子可以食用。

15 正是国人：句式与“正是四国”相同。西周时期，一个封国以都城为中心，城里叫“国”，城外叫“郊”，郊外叫“野”。城里的居民就是“国人”，他们一般有一定的知识与文化，或有一定技术，有一部分参与政事的资格，同时也有服兵役、徭役的义务。“正是四国”指掌管国家，“正是国人”指掌管人民，都是说诗里的这位“淑人君子”具有一定的地位。

16 胡不万年：这是西周时期的一个常用语，用于祝福贵族子孙绵延万代。“胡不”，何不。“胡不万年”是反问语气，表示一定会传之万年。

布谷鸟和君子的素养

鸤鸠是布谷鸟，属于杜鹃科。杜鹃科的鸟大多有一种习性，就是把卵下在别的鸟巢里，这种行为叫作“巢寄生”，“鹊巢鸠占”这个成语也因此而生。古人很早就发现了这一现象，但他们还不能科学地理解，鸤鸠的行为是在占据别巢后，残忍地将其他鸟的幼鸟挤出巢，独占被寄生雌鸟的照料。他们误认为这是鸤鸠公平地对待自己的子嗣，将它们放置在不同的地方喂养，没有区别对待，于是有了这首诗。

诗里说鸤鸠在桑树上筑巢，幼鸟却在楠树上、酸枣树上、榛树上，表示鸤鸠虽然生子多，但能够公平地对待，象征美好的君子也能这样对待自己的子嗣。他既能这样公平地对待子嗣，也肯定会公平地对待子民、爱护子民，这叫作举止如一、用心不二。这样的人一定具有坚定的信念，配得上华贵的丝带和玉石璀璨的皮弁，担得起主掌国家的职责。这样的君子，也一定能子孙万代绵延不绝。

诗写得典雅得体，带有古朴的气息。根据“正是四国”“正是国人”这两句，以及对君子衣冠的描写，我们可以看出诗中君子的身份不是一般的贵族，至少是卿大夫或者诸侯这一阶级。

扫码听乐

曹风·鸤鸠

《诗经》原诗
晓 月 作曲
黄延平 编曲

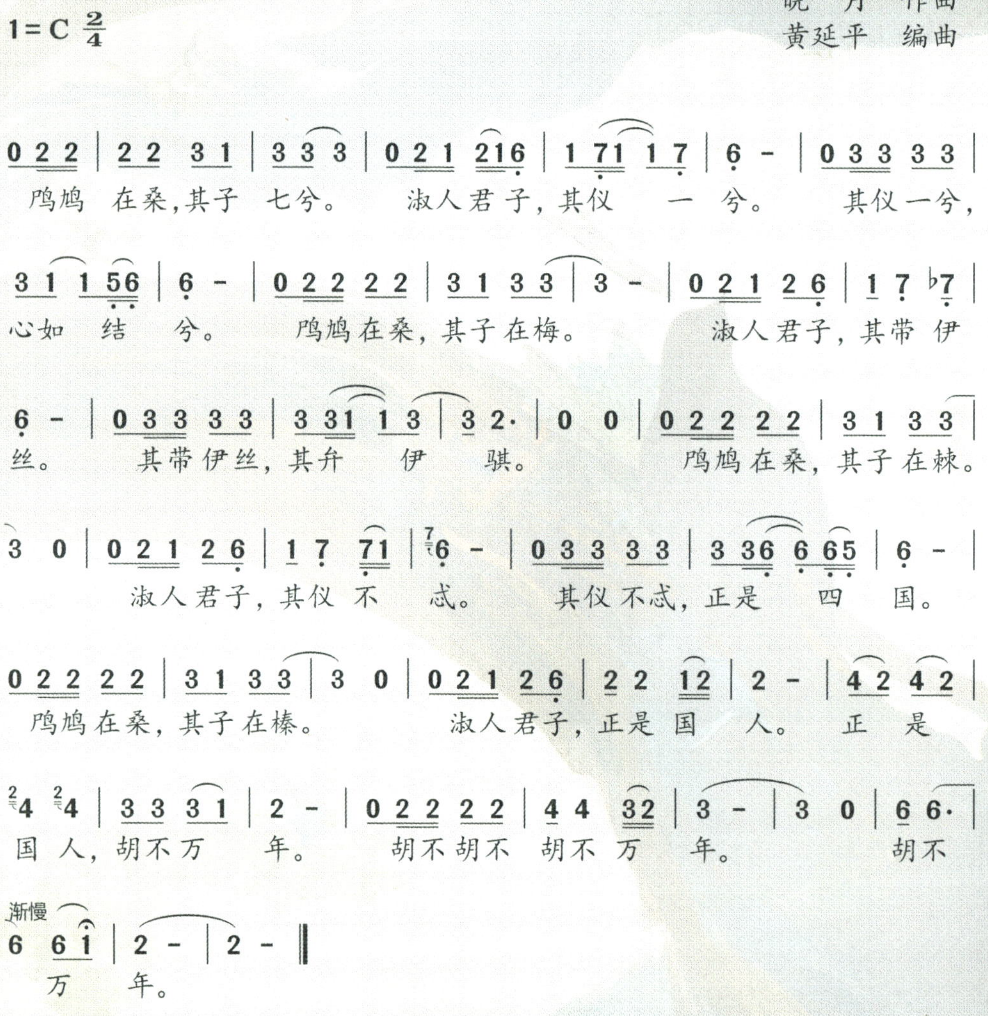

xiǎo yǎ hóng yàn

小雅·鸿雁

hóng yàn yú fēi sù sù qí yǔ zhī zǐ yú zhēng qú láo yú yě yuán jí jīn rén āi cǐ guān guǎ

鸿雁[1]于飞，肃肃[2]其羽。之子于征[3]，劬劳[4]于野。爰及矜[5]人，哀此鳏寡[6]。

hóng yàn yú fēi jí yú zhōng zé zhī zǐ yú yuán bǎi dǔ jiē zuò suī zé qú láo qí jiū ān zhái

鸿雁于飞，集于中泽[7]。之子于垣[8]，百堵[9]皆作。虽则劬劳，其究[10]安宅[11]。

hóng yàn yú fēi āi míng áo áo wéi cǐ zhé rén wèi wǒ qú láo wéi bǐ yú rén wèi wǒ xuān jiāo

鸿雁于飞，哀鸣嗷嗷[12]。维此哲人[13]，谓我劬劳。维彼愚人，谓我宣骄[14]。

译文

大雁在天上飞，翅膀发出簌簌声响。这些人在行远路，田野耕作多劳苦。看看这些勤苦人，可怜这些孤寡老人。

大雁在天上飞，聚集在沼泽里休息。这些人在筑城墙，高高竖起百堵墙。虽然依旧身劳苦，但终于有了安居处。

大雁在天上飞，发出嗷嗷的哀鸣声。那明智远见的人，会体谅我的辛劳。那愚笨短视的人，却讥讽我目中无人。

字词注释

1 鸿雁：大雁。“鸿”有大的意思。

2 肃肃：翅膀扇动的声音，又表示飞行后羽毛稀疏的样子，形容迁徙的辛苦。

3 征：远行。

4 劬劳：劳苦的意思。“劬”也是劳，但是比劳的程度要重。

5 矜：苦，劳苦。“矜人”就是辛苦之人。

6 鳏寡：丧妻的老人叫作“鳏”，今称鳏夫。丈夫去世的女人叫作“寡”，今称寡妇。

7 中泽：就是泽中，诗中为了押韵而颠倒文字。“泽”，沼泽。

8 垣：墙壁。

9 堵：古代的墙壁多为夯土而成，先筑版，再在版中间加土，夯实。版木中间的土就叫作“堵”，所以“堵”也可以指墙壁，比如陶渊明《五柳先生传》中说“环堵萧然”。

10 究：终究，终于。

11 安宅：安定，安居。

12 嗷嗷：哀鸣的叫声。

13 哲人：明智之人，与后面的“愚人”相对立。

14 宣骄：“宣”是“煊赫”的意思。“宣骄”就是骄傲。

安顿流民、勤勉工作之歌

这是一首流传甚广的安抚流民的诗，诗人很可能是周王朝派出的官员。他尽职尽责，对流民寄予了深深的同情。虽然工作辛苦，但他认为自己所做的一切都是值得的，他为此感到自豪。有人对他产生了怀疑，不过他坚信聪明人自然会理解他的自豪，而将他的自豪当作骄傲的，只会是愚笨的人。

这些流民或因为战乱，或因为灾害饥荒，逃离了家园，一路非常辛苦，流民中还有不少老人孩子。诗人带领他们安顿行李，筑造墙垣，重建家园。

诗人用鸿雁来比喻流民。鸿雁是一种候鸟，每年都需要飞行很长的时间和路程，很像流离、迁徙的人民。鸿雁叫声很响，常在沼泽中筑巢，生育后代。诗人对鸿雁的观察很细致，他用鸿雁飞行的声音来比喻流民迁徙的艰辛，用鸿雁在沼泽中筑巢来比喻流民逐渐安定，用鸿雁的叫声来比喻流民的哀号，也抒发了自己的同情。“哀鸣嗷嗷”，诗句仿佛在说，谁在倾听这些哀号的声音呢？不正是劬劳的我吗。

这首诗对后世的影响很大，“雁”也成为流民的象征。比如杜牧创作《早雁》一诗，就是受到了这首诗的启发，用大雁来比喻流民。

扫码听乐

小雅·鸿雁

《诗经》原诗
晓　月　作曲
黄延平　编曲

1=C $\frac{2}{4}$

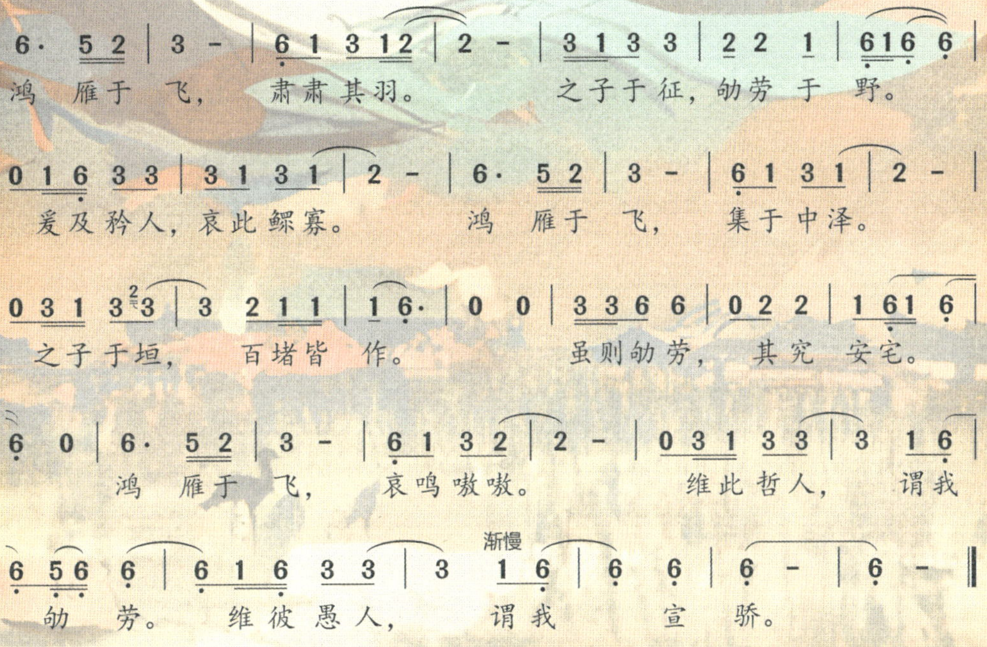

xiǎo yǎ hè míng

小雅·鹤鸣

hè míng yú jiǔ gāo shēng wén yú yě yú qián zài yuān huò zài yú zhǔ lè bǐ zhī yuán

鹤[1]鸣于九皋[2]，声闻于野。鱼潜[3]在渊[4]，或在于渚[5]。乐[6]彼[7]之园，

yuán yǒu shù tán qí xià wéi tuò tā shān zhī shí kě yǐ wéi cuò

爰[8]有树[9]檀[10]，其下维萚[11]。它山之石，可以为错[12]。

hè míng yú jiǔ gāo shēng wén yú tiān yú zài yú zhǔ huò qián zài yuān lè bǐ zhī yuán

鹤鸣于九皋，声闻于天。鱼在于渚，或潜在渊。乐彼之园，

yuán yǒu shù tán qí xià wéi gǔ tā shān zhī shí kě yǐ gōng yù

爰有树檀，其下维榖[13]。它山之石，可以攻[14]玉。

译文

鹤在沼泽深处鸣叫，声音响彻原野。鱼儿有时潜在深潭，有时游在浅水。我所喜爱的园林，那里种植了檀树，树下都是落叶。它山的石头，也可以雕琢成玉。

鹤在沼泽深处鸣叫，声音响彻天空。鱼儿有时游在浅水，有时潜在深潭。我所喜爱的园林，那里种植了檀树，树旁都是楮木。它山的石头，也可以磨制成玉。

字词注释

1 鹤：鹤的种类有很多，常见的有白鹤、灰鹤、丹顶鹤等，古代往往把它们归为一类，就叫“鹤”。鹤在求偶时会大声鸣叫，头颈摆动以吸引对方，声音很洪亮。

2 皋：沼泽深处的高地。“九皋”，指沼泽极深之处。

3 潜：潜水，潜伏。

4 渊：深潭。

5 渚：水中的小洲，这里指水浅的地方。

6 乐：喜爱。

7 彼：那个。

8 爰：语气词，有那里的意思。

9 树：作动词，种植的意思。

10 檀：檀树。

11 萚：落叶。

12 错：可以雕琢玉的石具。

13 榖：楮木，古人认为楮木没其他用处，所以视作恶木。

14 攻：治理，制作。“攻玉”的意思是磨制成玉。

“它山之石”为什么可以“攻玉”

这是《诗经》里一首著名的赞美贤才和隐士的诗，诗人连用了很多比喻，每个比喻使用一个意象，层层递进。诗歌说的是道理，讲的是事实，同时充满声音、动作、色彩，意象饱满，富有哲理，灵动而感人。

诗人用鹤和鱼来比喻贤才和隐士。这些高洁的君子，哪怕是被隐藏在沼泽深处，他们的光芒和声名也不会被掩盖，如同鹤“声闻于野”“声闻于天”。鱼在寒冷的季节会躲到深潭中，在温暖的季节就会浮至水浅的地方，好比人才在国家衰落的时候会隐居，在国家昌明的时候会出仕。所以明智的统治者应当主动创造好的条件，这样人才便会不请自来。诗人又请读者看一看他所钟爱的园林，里面种植了高贵的檀木，但现在只有腐烂的落叶和没有用的恶木。檀木是贤才，腐烂的落叶和没有用的楮木指奸邪的小人。一个国家，最重要的当然是培植人才，不让小人起势。最后诗人呼喊“它山之石，可以攻玉”，意思是视野要长远，心胸要开阔，自己的山林生长不出玉石，可以用其他山的石头，制成美玉。这是呼吁当时的统治者，不要只任用身边关系亲近的人，而是要不拘一格，广泛地招徕人才。

本诗写得既深刻，又明白流畅，耐人咀嚼。不仅如此，“它山之石，可以攻玉”更是成为后世常用的俗语。我们民族阔达胸怀，可以广泛地吸收其他各个民族、各个国家的不同文化和人才，使得我们的民族文化更加丰富多彩、充满活力。这个过程几千年来都没有衰竭和中断，其中的原因，就是我们很早就知道的“它山之石，可以为错”“它山之石，可以攻玉”的道理。

小雅·鹤鸣

扫码听乐

《诗经》原诗
晓　月　作曲
黄延平　编曲

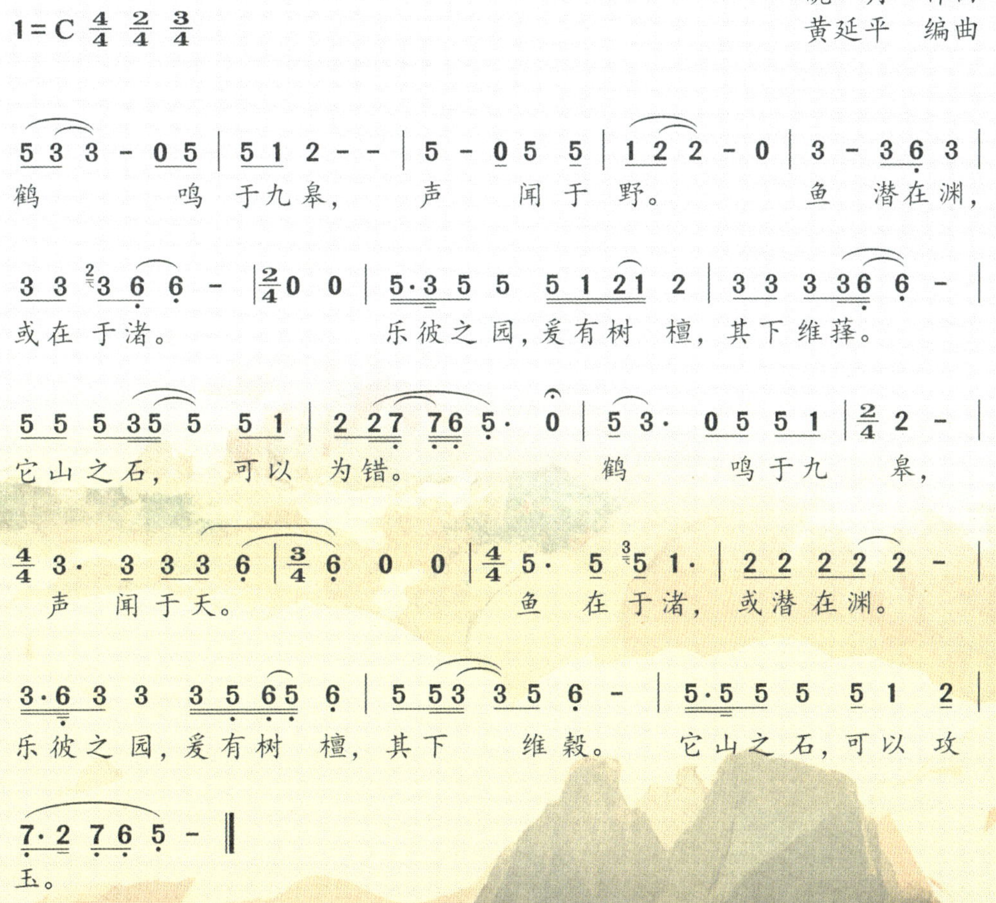

图书在版编目（CIP）数据

诗经之乐. 夏 : 其叶蓁蓁 / 晓月主编 ; 于浩著 ;
黄延平编曲. -- 南昌 : 二十一世纪出版社集团, 2025.
4. -- ISBN 978-7-5568-8706-4

Ⅰ. I222.2

中国国家版本馆CIP数据核字第2024H3C834号

诗经之乐 夏 其叶蓁蓁

SHIJING ZHI YUE XIA QI YE ZHENZHEN

晓　月/主编　于　浩/著　黄延平/编曲

出 版 人　刘凯军

策 划 人　谈炜萍

责任编辑　孙睿旼　刘晨露子

封面设计　熊　瑾

内文绘画　南岛橄榄

内文制作　黄　明

出版发行　二十一世纪出版社集团（江西省南昌市子安路 75 号　330025）

网　　址　www.21cccc.com

经　　销　全国新华书店

开　　本　889 mm × 960 mm　1/16

字　　数　68 千字

书　　号　ISBN 978-7-5568-8706-4

印　　刷　江西千叶彩印有限公司

印　　张　6

印　　数　1~5 000 册

版　　次　2025 年 4 月第 1 版

印　　次　2025 年 4 月第 1 次印刷

定　　价　36.00 元

购买本社图书，如有问题请联系我们：扫描封底二维码进入官方服务号。

服务电话：0791-86512056（工作时间可拨打）；服务邮箱：21sjcbs@21cccc.com。